Emilio Visconti Venosta

Discours prononcé par le ministre des affaires étrangères M. ViscontiVenosta

Dans la séance du 21 avril 1871 au Sénat du Royaume

Antigonos

Emilio Visconti Venosta

Discours prononcé par le ministre des affaires étrangères M. ViscontiVenosta

Dans la séance du 21 avril 1871 au Sénat du Royaume

Réimpression inchangée de l'édition originale de 1871.

1ère édition 2024 | ISBN: 978-3-38813-054-5

Antigonos Verlag est une marque de Outlook Verlagsgesellschaft mbH.

Verlag (Éditeur): Outlook Verlag GmbH, Zeilweg 44, 60439 Frankfurt, Deutschland, info@outlook-verlag.de
Vertretungsberechtigt (Représentant autorisé): E. Roepke, Zeilweg 44, 60439 Frankfurt, Deutschland
Druck (Imprimerie): Libri Plureos GmbH, Friedensallee 273, 22763 Hamburg, Deutschland

DISCOURS

PRONONCÉ

PAR LE MINISTRE DES AFFAIRES ÉTRANGÈRES

M. VISCONTI-VENOSTA

DANS

la séance du 21 avril 1871

AU SÉNAT DU ROYAUME

Discussion du projet de loi
relatif aux garanties pontificales et aux rapports entre
l'Église et l'État en Italie.

FLORENCE
IMPRIMERIE HÉRITIERS BOTTA
1871

MESSIEURS LES SÉNATEURS,

Permettez-moi de résumer la discussion qui vient d'avoir lieu.

La loi soumise à vos délibérations et la politique dont cette loi est l'expression et le résultat ont été combattues au nom de deux opinions différentes et de deux systèmes contraires.

M. le sénateur De Castagnetto et M. le sénateur Mameli ont combattu cette loi au nom de cette fraction de l'opinion catholique pour laquelle les garanties que nous voulons assurer au Pape ne peuvent remplacer, pour la sauvegarde de son indépendance, celles que lui donnait le pouvoir temporel.

M. le sénateur Siotto-Pintor et M. le sénateur De Villamarina l'ont combattue au nom de l'opinion radicale. Nous ne voulons certainement pas, disent-ils, refuser au Pape la liberté; mais les catholiques doivent être satisfaits si nous appliquons au Pape le droit commun, et rien que le droit commun du pays où il réside.

M. le sénateur Marliani a posé, qu'il me permette de le dire, les conclusions les plus décourageantes.

4

Vous deviez aller à Rome, nous dit-il; il était impossible de n'y pas aller; et maintenant que nous y sommes, il ne voit devant nous que des difficultés invincibles et des dangers insurmontables.

Que le Sénat me permette d'examiner ces trois opinions.

La loi que nous vous avons présentée est, je crois, l'expression, le résultat, la conséquence naturelle et légitime du programme que l'Italie a toujours soutenu dans la question romaine, et que les votes de cette illustre Assemblée ont plusieurs fois validé.

Tous les termes de la question sont résumés dans notre passé, et notre tradition dans ce problème difficile dont la solution nous est imposée par la nécessité des choses et la logique de l'histoire, nous trace la meilleure règle de conduite pour le présent et pour l'avenir. Souvent en politique on ne prévoit pas, et on ne peut pas prévoir, les faits, leurs causes immédiates et les occasions opportunes; mais les conditions intimes et logiques des grands problèmes moraux restent immuables à travers les formes variées que prennent les événements.

Dès la formation du royaume d'Italie, nous avons formulé la solution de la question romaine dans un programme complet. On y disait: cessation du pouvoir temporel, Rome unie à l'Italie, capitale de l'Italie, le Pape indépendant, l'Eglise libre. Ce n'est point pour recourir à un expédient, ni pour faire une concession à une éphémère passion populaire que le grand homme qui a présidé à notre renaissance nationale a posé sans hésiter la question de Rome à l'Italie et au monde catholique.

La question romaine était une conséquence logique de la reconstitution de la nationalité italienne. C'est une erreur, à mon avis, de croire, parce que de temps à autre le silence s'est fait en Italie sur la question de Rome, que cette question n'eût pas de profondes racines dans la foi et dans la volonté de la nation.

Ce silence s'est fait de temps à autre parce que les Italiens ont toujours tenu compte des circonstances et de l'opportunité, ainsi que des conditions générales de l'Europe; parce que nous avons toujours considéré la halte que nous faisions, non point comme une renonciation à notre but, mais comme un moyen plus sûr de l'atteindre.

Toutefois il suffisait qu'une occasion fît naître une espérance pour voir apparaître la question romaine plus vivace et plus impérieuse que jamais. Il n'en pouvait être autrement, car un instinct profond disait au peuple italien que l'existence du nouvel Etat apportait avec elle l'abolition du pouvoir temporel et l'association de Rome aux destinées de l'Italie.

Les conditions d'existence de la souveraineté temporelle ont été déterminées par les événements historiques de la péninsule au milieu de son fractionnement en petits Etats. Mais l'Italie a demandé et obtenu ce que la civilisation et l'esprit de notre temps ne pouvaient lui refuser, d'être une nation indépendante. Elle a demandé et obtenu une forme politique, garantie de sa civilisation. Ou il fallait remettre tôt ou tard en question le mouvement national lui-même de l'Italie, lui refuser le droit de s'organiser comme elle le croyait plus conforme à sa sûreté et à sa tranquillité; ou il fallait reconnaître qu'une transformation radicale des conditions politiques de la Papauté était une conséquence inévitable de la transformation radicale des conditions politiques du pays où le Pape réside.

Il y avait un troisième système: arrêter le mouve-

6

ment par la force matérielle; mais, cet obstacle une fois ôté, le mouvement devait recommencer, comme il recommença en effet, suivant ses immuables lois.

J'ignore, messieurs, quelle aurait été l'histoire de l'Italie si la Papauté politique, telle qu'elle a été établie par le pouvoir temporel, avait pu s'associer au sentiment national qui anime la génération actuelle en Italie. Si le Pape n'avait été qu'un souverain politique, rien ne l'aurait sans doute empêché d'unir sa cause à celle de l'indépendance et de l'autonomie de la nation. Si le Pape n'avait été que le chef d'une religion, en quoi notre reconstitution nationale pouvait-elle être en opposition avec le sentiment religieux, qui peut diriger tous les événements, toutes les institutions et participer en même temps à toutes les formes changeantes de la civilisation et de l'histoire?

Mais la confusion des deux pouvoirs était un obstacle à l'un comme à l'autre de ces deux résultats. Elle a empêché le Pape de devenir un prince national, et a amené le chef de la religion à faire naître dans les consciences des Italiens un douloureux antagonisme entre deux sentiments que Dieu a placés dans le cœur humain, le sentiment religieux et l'amour de la patrie.

Un gouvernement dirigé par des principes et des intérêts hostiles à toutes les conditions d'existence de la nouvelle société italienne, avec des traditions opposées à la formation de l'Italie en nation indépendante, pouvait-il continuer à subsister au milieu de l'Italie reconstituée avec les principes et les idées de la liberté moderne? Comment une souveraineté civile pouvait-elle se soutenir sans le consentement de ses sujets? Et les sujets de ce gouvernement pouvaient-ils résister à l'influence morale de l'Italie reconstituée et régénérée? Pouvaient-ils rester indifférents au spectacle de nos institutions libérales, à l'attrait, au prestige de la nationalité reconquise ?

Les circonstances pouvaient donc hâter ou éloigner l'heure de la chute du pouvoir temporel, mais ce résultat était une inévitable nécessité.

M. le sénateur De Castagnetto nous a dit que le Pape ne pouvait vivre que dans un Etat à lui, et que par conséquent nos garanties étaient insuffisantes.

Mais pour cela, messieurs, il est nécessaire que cet Etat puisse durer. Il est impossible de discuter sur les garanties nécessaires à l'autorité religieuse du Pape sans se demander : quelle garantie était donc le pouvoir temporel, quelle garantie était-il devenu pour la religion catholique ?

Je ne veux pas vous retracer, messieurs, même à grands traits, l'histoire du passé. Tout dans le monde a formé l'objet de discussions, et ce qui paraît le plus irrévocable et le plus certain, c'est-à-dire le passé (que l'esprit de la postérité transforme suivant les idées, les passions du moment), a subi le même sort.

Nous ne parlerons donc, messieurs, que du présent. De nos jours, pour qu'une souveraineté puisse être la garantie de quelque chose, la sauvegarde de quelqu'un, il faut qu'elle trouve en elle-même les conditions de sa vie, et elle ne peut trouver en elle-même ces conditions si elle ne satisfait pas aux besoins de son peuple, si elle ne peut pas se transformer selon les progrès de la civilisation, et si, quelque grand ou petit que soit l'Etat, elle ne cherche sa base dans la conscience nationale.

La souveraineté politique des Papes possédait-elle une seule de ces conditions ?

M. le sénateur De Castagnetto nous a dit: « Dans la Rome de l'Italie vous ne pourrez protéger le Pape

8

contre les insultes de la presse et contre les agitations
de la place. »

Les agitations de la place! Mais, depuis cinquante
ans, l'histoire des Etats pontificaux n'offre-t-elle pas une
série non interrompue de révolutions qui ont provoqué
des interventions étrangères continuelles, si bien qu'on
peut dire que, depuis la restauration du Gouvernement
papal jusqu'à présent, l'occupation étrangère a été
permanente dans ces Etats?

Ce fait, messieurs, me paraît plus fort que tous les
arguments.

La souveraineté, le Gouvernement temporel ne pouvaient être une garantie d'indépendance pour le Pape,
parce qu'il ne pouvait se maintenir que par la force
des baïonnettes étrangères, parce qu'il était toujours
obligé de se mettre sous le protectorat de quelque
grande puissance militaire.

Dans de telles conditions, jamais on ne pourra dire
qu'un Etat est indépendant ni qu'il peut rendre son
souverain indépendant.

M. le sénateur De Castagnetto et M. le sénateur Mameli ont dit que le Pape ne pouvait vivre au milieu de
la liberté, c'est-à-dire, que le Pape ne pouvait vivre
dans les conditions de la société moderne.

C'est précisément, messieurs, parce qu'il est impossible d'appliquer à la société civile ce qu'il y a d'absolu
dans un autre ordre d'idées, c'est précisément à cause de
cela que le pouvoir temporel était impossible. L'isole-
ment du Pape au milieu de la société moderne était-il
utile à la papauté et à la religion? Une partie de
la société catholique éprouve depuis longtemps une
profonde inquiétude et une vive douleur en voyant
l'esprit de la papauté s'éloigner toujours davantage
de l'esprit de la civilisation moderne. Quant à moi, je

pense que l'institution du pouvoir temporel est une des causes principales de ce fait, car ce pouvoir, soutenu par la force et possible avec la force, seulement, créait autour de la papauté une société artificielle dans des conditions tout à fait différentes des conditions véritables et nécessaires de la société moderne.

Il est impossible, messieurs (et ce n'est pas la thèse qu'à soutenu M. le comte de Castagnetto, avec cette profonde et calme conviction d'esprit qui le distingue), il est impossible, dis-je, de soutenir qu'il est nécessaire à l'intérêt et à l'avenir du catholicisme, d'appliquer à un peuple, par la force, je ne sais quel système d'expropriation forcée pour cause d'utilité religieuse. La religion n'est sainte et pure qu'autant qu'elle se fonde sur la liberté et la spontanéité de la conscience humaine.

Dans ce difficile problème de Rome, nous avons encore devant nous de grandes difficultés : notre voie n'est certainement pas sans dangers ; mais où trouverons-nous notre meilleure force ? Nous la trouverons précisément dans l'impossibilité morale de revenir au système des interventions pour imposer à un peuple, par la force et au nom de la religion, un gouvernement que personne n'accepterait chez soi.

La thèse d'un pouvoir théocratique soutenu par la force étrangère et rétabli par celle-ci chaque fois qu'il est nécessaire, cette thèse peut servir de drapeau à un parti, mais elle ne trouve plus d'appui dans la conscience des nations libérales.

Notre difficulté sera de faire prendre racine dans l'opinion et dans la conscience des catholiques, aux garanties de l'avenir ; mais notre meilleur argument, je le répète, est dans l'impossibilité d'un retour aux garanties du passé qui se résumaient dans les luttes stériles du pouvoir temporel.

M. le sénateur Marliani nous a dit que, si par cette loi on se propose d'établir un état de choses à l'aide duquel le pouvoir civil et le pouvoir religieux puissent vivre ensemble, tels qu'ils sont, ce but ne scra jamais atteint. Ce germe de paix que vous croyez confier à l'avenir ne produira jamais aucun fruit, a-t-il dit, et en même temps il a parlé d'une solution intermédiaire.

Vous comprendrez, messieurs, qu'il serait inutile maintenant de discuter les faits accomplis. Quelques-uns d'entre vous pourront les juger diversement, mais maintenant nous sommes tous également résolus de les maintenir et de les défendre au besoin.

Que M. le sénateur Marliani me permette de lui dire que, dans de certaines conditions, les solutions intermédiaires sont les seules raisonnables, mais que dans d'autres conditions elles sont les moins possibles, les moins pratiques de toutes.

Admettons pour un instant que l'hypothèse de M. Marliani soit près de se vérifier, que Rome soit laissée à la souveraineté du Pape avec une garnison italienne. Mais comment notre drapeau pourrait-il flot-ter là où régnerait un état de choses incompatible aveo les principes que ce drapeau représente? Le Gouver-nement pontifical n'adhèrerait jamais à nos principes; il continuerait à en être l'immuable négation. A cha-que pas que feraient nos soldats, on pousserait derrière eux le cri de l'insurrection. Nous nous trouverions dans l'alternative ou de manquer à tous les devoirs de la loyauté, ou de faire jouer à nos soldats le rôle des zoua-ves pontificaux. Messieurs, si Rome est une ville abso-lument italienne, possédant les lois et la liberté poli-tique de l'Italie, vous aurez beau examiner la question sous toutes ses faces, vous verrez que Rome ne peut avoir d'autre destinée que celle de capitale de l'Italie.

La présence d'un gouvernement placé sous le poids d'une haute responsabilité morale rendra plus sûre la résidence du Pape au milieu d'une ville tranquille et contente de son sort. Si le gouvernement s'était décidé pour une solution intermédiaire, quelles seraient les conditions de l'Italie en ce moment? Elle ne jouirait certes point de la tranquillité présente. La question de Rome offrirait plus que jamais un champ ouvert aux luttes des partis, et les agitateurs politiques les plus dangereux et les plus hostiles pourraient écrire sur leur drapeau une devise qui remuerait profondément la fibre nationale.

Lorsque le comte de Cavour posa la question romaine dans l'intérêt du programme national, il faisait donc preuve d'une haute prévoyance, confirmée depuis par les faits.

Mais, si le pouvoir temporel est une institution qui a fait son temps, si toute autre combinaison imaginable relative à Rome ne renferme aucun élément de vitalité, de sécurité et de paix, il est toutefois un principe que nous devons respecter, parce qu'il est vrai, légitime, parce qu'il survit aux changements des institutions humaines. Ce principe le voici: le Pape doit être libre et indépendant dans l'exercice de ses fonctions spirituelles. Nous avons une règle de conduite à suivre: c'est l'accomplissement de l'unité nationale sans offenser et sans troubler les légitimes intérêts des consciences et ceux des nations et des gouvernements catholiques. Et c'est justement, messieurs, parce que nous avons accompli la première partie de notre programme, que nous devons si soigneusement nous appliquer à exécuter la seconde, afin de montrer que les droits des Romains et ceux de l'Italie ne sont point en contradiction avec les droits des consciences et avec les légitimes intérêts de la société catholique, avec lesquels ils peuvent, au contraire, parfaitement se concilier.

M. le sénateur De Villamarina a cité quelques-unes de mes paroles à la Chambre des députés, lorsque je disais que le Parlement pouvait délibérer sur ce projet de loi en toute liberté; il a cité aussi quelques paroles du président du Conseil; il a cru y trouver une contradiction, et a demandé des éclaircissements. Cependant le sens de mes paroles était clair.

Nous n'avions pas d'engagements positifs sur la manière de garantir l'indépendance et la liberté du Pape. Nous avons exposé au Parlement un système qui nous semble répondre aux exigences de la situation. Que le Parlement examine librement ce projet. Il peut librement l'adopter ou le repousser. Mais, quant à l'objet, quant au but de cette loi, l'Italie n'avait-elle pas pris, depuis dix ans, un grand engagement moral vis-à-vis de l'Europe par les déclarations de son Gouvernement et de son Parlement?

On pourra discuter ce programme, messieurs, on pourra le blâmer; mais le devoir du Gouvernement était d'y rester fidèle, et nous n'y serions pas restés fidèles si, au moment où la première partie du programme devenait un fait accompli, nous avions gardé sur la seconde une sorte de silence équivoque, si nous ne nous étions montrés prêts à l'exécuter avec une volonté ferme et loyale.

Nous avions toujours dit que, même après la perte du pouvoir temporel, le Pape demeurerait indépendant de toute souveraineté humaine, ce qui veut dire qu'il conserverait sa souveraineté personnelle. Nous avons toujours dit qu'après la cessation du pouvoir temporel nous donnerions la liberté à l'Eglise pour empêcher qu'on ne suspecte l'autorité civile de vouloir étendre sa juridiction sur le domaine des choses spirituelles. N'était-ce pas là le plus évident, le plus indéclinable des engagements? Nous avons toujours dit, et notre prévision n'a point été démentie, que la solution de la question romaine aurait été définitivement assurée, sans danger pour l'Italie, le jour où nous aurions réussi à convaincre les catholiques que l'union de Rome à l'Italie pouvait s'accomplir sans danger et sans menace pour la catholicité.

Et quand nous occupions Rome, quand les inquiétudes provoquées par ce fait étaient si grandes, le moment n'était-il pas venu de fortifier cette conviction et de calmer ces inquiétudes?

M. le sénateur De Villamarina cite le *Livre Vert* pour prouver l'inutilité de nos déclarations. Il ressort du *Livre Vert*, dit-il, que les dispositions des gouvernements étaient bonnes. Pourquoi donc cette fureur de déclarations et de promesses?

Veuillez réfléchir, messieurs, qu'il est assez rationnel de croire que ces bonnes dispositions sont en grande partie le résultat des déclarations rassurantes que nous avons faites. J'ai la presque certitude que, si M. le marquis de Villamarina eût été à ma place et eût tenu un langage différent du nôtre, s'il eût rédigé dans une Note le discours qu'il a prononcé avant-hier au Sénat, le *Livre Vert* qu'il aurait présenté au Parlement ne nous aurait pas montré les puissances dans des dispositions aussi favorables. Quant à nous, nous sommes restés, à l'égard de la question romaine, dans la tradition de la politique italienne: je dirai plus, nous sommes restés dans la tradition du mouvement national italien, de ce mouvement qui, aux yeux du monde civilisé, ne s'est point manifesté comme une de ces résolutions qui

14

ont la force seule pour raison d'être et qui n'exigent
que la force pour être maintenues et exécutées.

Quand l'Italie était esclave et divisée, sans vie propre, objet de rivalités et de troubles pour l'Europe,
en proie, à l'intérieur, à des violences incessantes
qu'avons nous fait pour réclamer notre droit, notre
indépendance? Nous avons soutenu et démontré que
la cause italienne était pour toute l'Europe une cause
de liberté, de tranquillité et d'équilibre.

En reconquérant notre indépendance, en éliminant
les éléments d'antagonisme que l'ancienne division des
Etats entretenait au milieu de nous, pour nous donner l'organisation la plus conforme à notre sécurité
extérieure et à notre pacifique développement, nous
n'avons lésé le droit d'aucun peuple; nous n'avons demandé que notre droit incontestable dans l'incontestable étendue de nos frontières.

L'Italie a eu la noble ambition de considérer son
mouvement national comme un progrès pour la cause
générale de l'ordre et de la liberté en Europe. D'un
peuple dans l'esprit duquel les révolutions, la réaction,
les complots incessants avaient presque étouffé tout
principe d'autorité, nous avons fait un peuple qui,
malgré quelques maux passagers, peut, au point de
vue politique, être cité comme un des peuples les
plus tranquilles et les plus conservateurs de l'Europe.
D'un pays qui était le champ de bataille de toutes les
nations, nous avons fait un Etat qui, à peine constitué,
s'est empressé d'associer ses intérêts à la cause de la
tranquillité, de la paix et de l'équilibre européen. Ar-
rivés en face du dernier et du plus ardu problème de
notre reconstitution nationale, nous rencontrons des
droits, messieurs, nous trouvons des intérêts légitimes
qui s'étendent au delà de nos frontières. Ces droits, ces

intérêts légitimes, nous déclarons que nous voulons les garantir et les respecter.

Il est vrai que M. le marquis de Villamarina nie que ces intérêts s'étendent à l'étranger; pour lui la question est, sous tous les rapports, purement intérieure : elle pouvait être, selon lui, une question internationale quand nous n'étions pas encore à Rome, mais elle ne l'est plus, sous aucun rapport, maintenant que nous y sommes.

Et pourquoi, messieurs, avons-nous trouvé plus de difficultés à accomplir notre unité avec Rome qu'à annexer le grand-duché de Toscane, le royaume de Naples? Parce qu'à Rome il existait une question, vivace encore après notre entrée dans les murs de la ville éternelle et que cette question touche à d'autres intérêts. Je ne saurais dire si ces intérêts sont internationaux dans le sens strict du mot, ou plutôt *supernationaux*, comme on l'a dit, mais il est certain que les rapports internationaux de l'Italie avec les autres gouvernements en reçoivent le reflet et le contrecoup, parce que ceux-ci comprennent et savent que ces intérêts, quoi qu'on en dise, peuvent être rassurés ou profondément troublés par nos décisions.

Il est donc inutile de discuter si la question romaine est une question nationale ou internationale. C'est une question purement nationale pour tout ce qui regarde les droits de l'Italie et des Romains. Cela n'empêche pas toutefois que la papauté ne soit une institution universelle, ayant des rapports avec les catholiques de toutes les nations. Ces rapports enfantent des intérêts que nous pouvons concilier ou avec lesquels nous pouvons entrer dans un violent conflit, suivant la solution que nous donnerons à la question.

Il est donc impossible, quand on discute sur les décisions que nous devons prendre, de ne pas penser à l'effet que ces décisions produiront à l'étranger.

Nous étions convaincus, en demandant la cessation du pouvoir temporel au nom du droit des Romains, au nom de notre droit, de notre sécurité et de notre unité, de l'avantage que cet événement apporterait, avec l'œuvre conciliatrice du temps, à la civilisation aussi bien qu'à la religion.

Nous sommes convaincus qu'avec l'œuvre du temps, il ouvrira au sentiment religieux dans les conditions de la société moderne une ère d'harmonie et de paix ; mais ce but ne serait point atteint, si on voulait renfermer toute la question dans un calcul exclusif et ambitieux. Il faut, tout en maintenant avec fermeté la revendication du droit national, joindre à cette revendication tous les égards dus aux légitimes intérêts d'autrui, et il est nécessaire de chercher la conciliation de tout ce qui est juste et vrai, convaincre les consciences catholiques que les garanties données au Pape sont confiées à la loyauté d'un peuple qui comprend sa responsabilité vis-à-vis du monde catholique.

Vous vous rappelez, messieurs, les paroles du comte de Cavour au Parlement. Il disait que, si la chute du pouvoir temporel devait détruire l'indépendance du Pape, il considérerait ce fait comme préjudiciable, nonseulement à la religion, mais encore à l'Italie, et que, s'il était convaincu que le pouvoir temporel fût une véritable et nécessaire garantie de l'indépendance du Pape, il hésiterait à soulever la question.

Jamais le comte de Cavour n'a donné, selon moi, une preuve plus grande de son esprit profondément libéral que lorsqu'il prononça ces paroles.

M. le marquis Villamarina nous a lu quelques fragments des lettres du comte de Cavour. Ils se rapportent cependant à des questions qui n'ont rien de commun avec celles que nous traitons aujourd'hui.

Ces lettres que nous prouvent-elles ? Elles nous prouvent l'énergie de caractère et le profond sentiment de dignité nationale du comte de Cavour. Mais ce qui distinguait ce grand homme d'Etat, le voici : il associait l'énergie du caractère et le sentiment de la dignité nationale à une grande modération et à une juste et libérale compréhension de tous les termes des questions politiques. Nous nous souvenons tous des discours du comte de Cavour sur la question romaine, de ces discours où perce un si grand respect pour tout ce qui touche au côté moral de la question. Nous devons aller à Rome, disait-il, sans que la réunion de Rome à l'Italie puisse être interprétée par la grande majorité des catholiques italiens et étrangers comme le signal de l'esclavage de l'Eglise. Et s'il fallait, messieurs, dans cette première époque d'incertitude, afin d'habituer en quelque sorte les consciences catholiques à la transition du passé à l'avenir, s'il fallait, dis-je, faire quelques sacrifices, redoubler d'égards, la dignité nationale n'en souffrirait bien certainement pas. Nous ferons seulement preuve d'une sage modération, et cela nous est d'autant plus facile aujourd'hui que nous avons atteint notre but national.

M. le marquis de Villamarina nous a dit: soyez forts, soyez audacieux, soyez énergiques, soyez prévoyants. Il a ainsi énuméré plusieurs des vertus de l'homme d'État. Qu'il me permette d'ajouter encore: soyez justes, ayez le sentiment du droit national, mais le sentiment du droit national uni à l'intelligence qui en trace et en fait apercevoir les limites.

Quand vous aurez examiné cette loi, vous trouverez, j'en ai la confiance, qu'elle répond aux conditions du problème sans le mutiler, mais aussi sans l'exagérer, et qu'elle est la conséquence de la politique suivie par nous jusqu'à ce jour.

Cette politique, permettez-moi de le dire, messieurs, considère comme une illusion la croyance que les conséquences inévitables du mouvement national puissent être arrêtées ; que l'abolition du pouvoir temporel, que Rome capitale d'Italie, ne soient pas dans la logique fatale des choses; mais en même temps, cette politique ne veut point exagérer le mouvement national, elle ne veut point le faire sortir de sa direction, lui faire dépasser le but, elle ne veut point le transformer en mouvement perturbateur des institutions de la religion catholique.

Notre révolution a eu un but bien défini : indépendance, liberté, unité !

Le but est atteint.

Il continuera sans doute, messieurs, ce développement indéfini d'idées, qui est la vie même des nations ; mais la tâche politique de la révolution italienne est terminée.

Si vous examinez la loi par rapport aux termes de ce problème, vous verrez qu'elle correspond parfaitement à ceux-ci.

Nous avons éliminé un fait matériel, un fait étranger à la constitution du catholicisme et n'atteignant que les droits de l'Italie: la souveraineté politique du Pape sur la population romaine.

Là doit s'arrêter notre tâche ; nous devons respecter tout attribut de la Papauté spirituelle dans ses rapports avec les catholiques en Italie aussi bien qu'au dehors.

Telle est, messieurs, la pensée qui inspire le premier chapitre de cette loi.

En accomplissant son unité nationale, l'Italie ne touche point à la constitution religieuse de la Papauté.

La Papauté est une institution d'un caractère universel; elle exerce une juridiction sur la société catholique chez les autres nations, dans les autres Etats.

C'est l'organisation même du catholicisme, qui donne au Pape ce pouvoir religieux suprême; cette juridiction, cette primauté spirituelle.

M. le sénateur Siotto-Pintor a dit: « L'Eglise n'a pas de pouvoir. » Je ne veux pas examiner l'ordre d'idées auquel se rapporte l'affirmation de M. Siotto-Pintor; mais il reconnaîtra certainement que le Pape a des concordats et des traités conclus avec les autres gouvernements, et destinés à régler avec ceux-ci, en sa qualité de suprême pouvoir religieux, les conditions et les rapports de la société religieuse vis-à-vis de la société civile dans les Etats régis par ces gouvernements.

Tous les gouvernements maintiennent auprès du Pape une représentation diplomatique; cette représentation était accréditée auprès du souverain temporel de Rome et auprès du Pape; cependant le caractère du Pape primait certainement celui du souverain. A l'avenir aussi les gouvernements tiendront, sous une forme ou sous une autre, des représentants auprès du Pape pour traiter les affaires religieuses, justement parce que, indépendamment de la souveraineté territoriale sur Rome, les catholiques reconnaissent dans le Pape sa haute souveraineté spirituelle.

Les gouvernements croient de leur intérêt que le Pape, qui exerce une juridiction sur une si grande partie de leurs sujets, ne soit pas soumis à son tour à la juridiction d'un Etat particulier.

M. Siotto-Pintor a dit aussi : « Les gouvernements conseillent à l'Italie d'assurer la situation du Pape, mais ils ne lui disent pas de le faire roi. » Il me semble toutefois que les gouvernements estiment que le Pape ne doit pas être non plus un sujet de l'Italie.

En outre, messieurs, une opinion commune, un sentiment profond chez les catholiques est que le Pape ne pourrait exercer librement son autorité spirituelle s'il était soumis au pouvoir civil d'un autre Etat, et que sa souveraineté religieuse doit lui assurer l'immunité vis-à-vis de toute souveraineté humaine.

En mettant un terme au pouvoir temporel, nous reconnaissons par cette loi et nous respectons l'institution juridiquement inviolable et souveraine du Pape, par rapport à lui-même et à son autorité spirituelle.

M. le marquis de Villamarina a dit avant-hier : « Si vous aviez prévenu les Romains que vous entendiez conserver la souveraineté du Pape, peut-être n'auraient ils pas voté le plébiscite. »

Mais, messieurs, les Romains avaient sans doute le droit de disposer de leur sort. Toutefois de ce que Rome a voulu faire partie du Royaume d'Italie, il ne s'ensuit pas que le Pape soit devenu le sujet du Roi d'Italie. A ce propos, messieurs, il faut écarter toute incertitude.

J'ai écouté attentivement le discours de M. le sénateur De Villamarina, mais j'avoue que je n'ai pas bien compris son système. Il a dit : « Il faut, à Rome, distinguer le Pape du Roi, mais toute question doit être résolue par la liberté et le droit commun. » Toutefois, il ne nous a donné aucune règle pour deviner quelle est cette liberté, quel est ce droit commun à l'aide duquel il entendait résoudre toutes les questions entre le Pape et l'Italie, l'Eglise et l'Etat.

Il nous a dit : « Laissez le Pape publier ses excommunications et ses protestations, mais ne lui accordez aucune immunité ; donnez-lui une liberté absolue, mais appliquez-lui le droit commun. »

J'avoue, messieurs, ne pas savoir trouver lé fil pour me conduire à travers ces propositions, ou plutôt je crains que ce fil ne me conduise à un système ou, pour mieux dire, à une confusion de systèmes qui, si elle n'offre aucune garantie à la liberté religieuse et à la société catholique, est aussi un danger et un préjudice pour la liberté de l'Italie et l'intégrité de nos institutions.

Que la liberté religieuse et le droit commun de la liberté religieuse en Italie soient un véritable, une grande garantie pour le Pape, ce n'est certainement pas moi qui voudrais le nier. Mais, messieurs, avec le droit commun on ne soustrait pas le Pape à la juridiction de l'Italie et on ne fait de lui qu'un sujet du Royaume d'Italie. C'est précisément, messieurs, parce qu'à Rome le Pape et le Roi doivent être distincts l'un de l'autre, qu'il faut distinguer juridiquement et déterminer la situation du Pape.

M. le marquis de Villamarina dit: « Que le Pape publie ses protestations et ses excommunications; qu'il ait la liberté la plus absolue, mais seulement avec le droit commun. »

Mais alors, messieurs, le gouvernement devra traiter en toute circonstance le Pape comme un sujet, ou bien violer la loi. Car, si l'Etat se trouvait armé vis-à-vis du Pape, d'un droit commun, sans être obligé de l'appliquer suivant les règles souveraines de la loi, s'il avait même la faculté de l'appliquer suivant l'opportunité et les convenances, et si le Pape acceptait jamais une pareille situation, alors il s'établirait vrai-

22

ment entre le Gouvernement italien et la Papauté un
système de transactions et de concessions réciproques
qui serait aussi nuisible à la liberté religieuse qu'à
celle de l'Etat.

M. le marquis de Villamarina craint que les tendances du Vatican ne se communiquent à l'esprit politique de l'Italie ; mais je crois qu'il ne pourrait
trouver un meilleur moyen pour aller au devant de ce
danger. J'ai toujours cru que la solution de la question
romaine consistait à faire de Rome une ville italienne
et non à faire de la Papauté une institution italienne.
A mon avis il importe aux catholiques que la Papauté
conserve son caractère universel, mais il importe aussi
à la liberté de l'Italie que ce caractère *supernational*
se conserve et que la Papauté n'arrive pas. en quelque
sorte, à faire partie des institutions du royaume d'Italie.

M. le marquis de Villamarina croyait nous adres-
ser un amer reproche en nous disant : « Traitez le
Pape comme un souverain étranger, mais ne lui accordez aucun pouvoir civil dans l'Etat. » Mais, messieurs, M. le marquis de Villamarina sait mieux que
moi quelles sont les prérogatives assurées aux souverains étrangers par le droit des gens ; l'extra-ter-
ritorialité, l'immunité de la juridiction de l'Etat, la
juridiction sur les personnes de sa suite. Eh bien, pour
rendre hommage à ce caractère de souveraineté que
tous les catholiques reconnaissent dans le Pape , nous
avons seulement écrit dans notre loi la prérogative de
l'inviolabilité qui le soustrait à la juridiction d'autrui,
sans lui donner aucun pouvoir civil sur les autres ; et
puisque la situation du Pape et l'institution religieuse
de la Papauté ont un caractère d'internationalité, nous
avons voulu, pour rendre claire et intelligible la garantie dont nous voulons entourer cette situation et

cette institution, nous avons précisément voulu, dis-je, prendre notre modèle dans une chose connue et admise dans le droit public, c'est-à-dire dans l'assimilation du Pape aux souverains étrangers et dans ces prérogatives et ces immunités que le droit des gens accorde aux personnes qui ont un caractère international.

Le Pape conserve donc, vis-à-vis du pays où il réside, une situation juridique, grâce à laquelle l'institution de la Papauté existe en vertu d'un droit propre et conserve son caractère universel. L'action de l'Etat ne peut s'exercer sur elle. Et qu'on ne vienne pas dire, messieurs, que ces garanties tirées du droit public des souverainetés civiles ne s'accordent pas avec la religion qui est un fait de conscience individuelle, à laquelle suffit le sanctuaire de la conscience et qui n'a pas besoin de la forme extérieure d'une institution.

« Ne transformez pas le christianisme en paganisme : » nous a dit M. Siotto-Pintor.

Mais, messieurs, c'est-là un ordre d'idées dans lequel nous ne devons entrer, ni comme hommes politiques, ni comme législateurs ; il ne nous appartient pas de nous faire réformateurs, ni de rechercher ce qu'a pu être l'Eglise à son origine.

En étendant à Rome la souveraineté de l'Italie, nous y avons trouvé une grande institution religieuse qui régit une société spirituelle répandue dans le monde entier.

Cette institution, nous la trouvons telle qu'elle est, telle qu'elle est constituée par suite de l'organisation actuelle du catholicisme ; telle qu'elle est, nous la respectons, et nous n'entendons point étendre jusqu'à elle la souveraineté de l'Italie.

Si nous ne nous arrêtions à ce point, si nous allions au delà, nous entrerions dans le champ religieux. Nous n'entrerions pas dans le champ du dogme ; toutefois nous entrerions dans celui de la constitution de l'Eglise. Notre mouvement, qui est exclusivement national, deviendrait, par la force des choses, un mouvement religieux pour les catholiques d'Italie et du dehors. Si l'Italie faisait entendre ce cri de guerre que M. le marquis de Villamarina a poussé dans cette enceinte, notre entrée à Rome ne serait pas la fin, elle serait le commencement de l'ère révolutionnaire.

Le premier chapitre de cette loi, messieurs, se rapporte à l'institution de la Papauté et lui donne les prérogatives nécessaires pour exercer librement son autori'é. Le second chapitre a trait aux rapports de l'Eglise et de l'Etat en Italie, en appliquant à ces rapports le principe de liberté dans une large mesure.

Les deux parties de la loi peuvent être, par abstraction, envisagées comme distinctes, car l'une concerne la Papauté sous le rapport de son droit externe ; tandis que l'autre règle les rapports de l'Eglise et de l'Etat dans le royaume. Toutefois ces deux parties sont unies. Un lien intime existe entr'elles.

Le programme du comte de Cavour n'a jamais été contredit. L'Italie à toujours déclaré, qu'une fois le pouvoir temporel tombé, nous donnerions à l'Eglise ce qu'elle a toujours demandé et jamais obtenu, la liberté dans ses rapports avec l'Etat.

Le pouvoir temporel a cessé d'exister ; le moment d'accomplir nos promesses est enfin arrivé !

La connexion, messieurs, existe encore dans les conditions mêmes du problème à résoudre, car il ne suffit pas de voter une loi de garanties personnelles pour le Pape et pour les institutions qui se rattachent à la Papauté ; il faut aussi créer un état de choses satisfaisant, rassurant pour les rapports de l'Eglise et de l'Etat dans le pays où se trouve le chef de cette Eglise.

Je suis partisan du système de la liberté de l'Eglise dans tous les pays ; mais je crois que c'est plus spécialement pour l'Italie que ce système a été indiqué par le comte de Cavour, par une intuition de son esprit éminent, comme une conséquence nécessaire de l'abolition du pouvoir temporel.

Par le fait du séjour du Pape en Italie, les conflits entre le pouvoir religieux et le pouvoir civil qui surgiraient chez nous trouveraient un écho et jetteraient la perturbation même à l'étranger.

Nous ne pouvons compter sur une conciliation avec le Pape. Nous ne pouvons prendre avec lui des accords religieux, parce que la Curie romaine ne pense pas qu'on puisse les séparer des questions politiques. Il faut donc prévoir et prévenir, même sous ce rapport, une situation qui pourrait devenir dangereuse.

Dans l'état actuel des choses, le meilleur moyen de prévenir cette situation, sans porter aucun préjudice à notre liberté et aux principes de nos institutions, est précisément de séparer les compétences distinctes des deux pouvoirs, pour éviter les conflits et en faire disparaître les motifs.

La liberté de l'Eglise est pour moi, avant tout, une noble initiative de l'Italie; elle sera un hommage au principe de la liberté de conscience; elle sera un progrès dans la voie de la liberté. Mais, dans les circonstances actuelles, là liberté de l'Eglise est encore un gage moral immense, que donne l'Italie, des conditions de sécurité parfaite et de dignité dans lesquelles se trouvera le Pape en Italie; c'est un moyen efficace pour éviter les conflits, pour assurer, d'une façon satisfaisante, les rapports actuels et préparer les éléments d'une paix future. L'Italie pourra dire avec

conscience devant le tribunal de l'opinion impartiale:
le Pape est inviolable, il est souverain, et il est dans
un pays où l'Etat est incompétent en matière religieuse et ne peut étendre sa juridiction au domaine
des choses spirituelles.

Je ne veux pas du reste approfondir davantage le
sujet de la liberté de l'Eglise; d'autres plus compétents
que moi pourront le faire.

Messieurs, si vous examinez la loi au point de vue
sous lequel j'ai essayé de vous la présenter, c'est-à-dire
d'un côté, au point de vue de la logique du mouvement
national et de la logique des faits qui ont mis fin au
pouvoir temporel; de l'autre côté, au point de vue des
exigences des intérêts religieux des nations catholiques
et de leurs gouvernements, vous vous convaincrez, je
l'espère, que la loi répond aux conditions de ce problème et que, posé de cette manière, il est presqu'impossible de trouver une autre solution.

L'expérience que nous faisons, celle des rapports de
l'Italie et de la Papauté, après la chute du pouvoir
temporel, est un fait nouveau et difficile et elle frappe
les esprits plus peut-être par sa nouveauté que par ses
difficultés. Celles-ci pourront être, dans la marche
journalière des choses, moindres qu'elles ne le parais-
sent à travers la vague attente d'une épreuve qu'on
ne peut juger d'avance par analogie ou par compa-
raison.

Si cette grande transaction entre l'Italie et le Pape,
que l'Italie a offerte dès le commencement, eût été
possible, la question romaine serait alors dépouillée de
ses plus grandes difficultés.

Plusieurs questions qui peuvent difficilement être
résolues par une solution unilatérale, comme nous
sommes obligés de le faire, pourraient facilement être

réglées par un accord, et cet accord nous servirait, d'un autre côté, à pourvoir à toutes ces éventualités qu'il est impossible de déterminer, *a priori,* dans un ensemble si vaste de rapports politiques, moraux et juridiques.

La loi même que nous discutons se présenterait sous un autre aspect : elle paraîtrait une libre transaction, expressément ou tacitement accordée, offerte et acceptée des deux côtés. Ce serait, en effet, dans une bien différente situation d'esprit que cette transaction serait accueillie, et s'accomplirait, je ne dirais pas devant un acte ou une parole du Pape, mais même simplement devant une attitude plus conciliante et plus indulgente vis-à-vis du sentiment national de ce pays.

Mais nous, messieurs, nous ne pouvons compter maintenant sur aucune conciliation, sur aucun accord. Quelle est alors, dira-t-on, l'utilité, quel est le but de cette loi? Le marquis de Villamarina n'a su y découvrir aucune nécessité; il ne sait y voir que des dangers et des difficultés pour l'Italie.

C'est précisément, messieurs, parce que les circonstances actuelles sont exceptionnelles et transitoires que cette loi doit fixer les limites que nous ne devons pas dépasser.

Nous avons entendu avant-hier l'avis du marquis de Villamarina : d'un côté l'hostilité invariable du Pape, de l'autre une loi nécessaire de représailles; toute chose laissée à l'arbitraire, aux passions. Telle est la solution de la question romaine proposée par le marquis de Villamarina.

Pour moi, je m'empresse de déclarer bien haut que cette politique n'a rien de commun avec celle que le gouvernement entend suivre avec l'appui du Sénat, et avec la majorité du Parlement et du pays.

C'est justement, messieurs, parce que nous sommes convaincus combien il serait funeste de nous laisser entraîner dans les passions de la lutte, c'est parce que l'hostilité actuelle est le fait qui inquiète le plus les catholiques, que nous voulons démontrer par cette loi que nous ne prenons pas pour règle les circonstances actuelles, les hostilités actuelles, mais bien les conditions normales et permanentes d'une solution définitive.

Nous voulons faire précéder les garanties morales que donnera dans l'avenir notre conduite, notre modération, garanties que l'œuvre du temps seulement affermira dans la confiance des catholiques, de garanties juridiques, expresses, qui soient une règle souveraine pour nous et un gage de sécurité pour tous.

En un mot, le but de cette loi est d'établir entre la Papauté et l'Italie une base juridique de rapports tels, que la transaction entre le pouvoir temporel et la liberté de l'Eglise (cette transaction qui n'a pu servir de point de départ pour établir ces rapports) puisse en être la conséquence et le résultat.

M. le marquis de Villamarina nous a dit que le comte de Cavour n'aurait pas présenté cette loi.

Je n'oserais vraiment dire ce qu'aurait fait le comte de Cavour; toutefois le Sénat se rappellera peut-être que j'ai lu à la Chambre des députés un projet d'accords que le comte de Cavour était prêt à accepter, et qu'il avait fait communiquer officieusement au Gouvernement de Rome et aux autres puissances.

Le premier article de ces accords était ainsi conçu :
« Le souverain Pontife conserve la dignité, l'inviolabi-
« lité et toutes les prérogatives personnelles du souve-
« rain. En outre il conserve vis à-vis du Roi et des
« autres souverains les préséances fixées par l'usage. »

Il était encore dit dans ce projet que cette transaction devait être considérée comme un traité public bilatéral dont les principes seraient consignés dans le Statut.

Telle est la raison de cette loi: quel en sera le sort? Sans doute, messieurs, une loi ne suffit pas pour accomplir un changement si profond dans les conditions politiques de l'institution suprême du catholicisme. Ce changement ne sera sanctionné que par le temps, l'opinion publique et l'usage.

Cette grande question demande plus qu'une solution juridique; elle demande une solution morale et celle-ci réclame à son tour une politique stable et conciliatrice, accompagnant et aidant la transition du passé à l'avenir.

Nous devons appliquer aux rapports de l'Italie avec le Papauté, ainsi qu'à toutes ces nombreuses questions qui surgiront de cette grande transformation de Rome, cette méthode qui constitue l'élément le plus précieux de notre tradition civile, la méthode de la liberté et de la modération.

La Papauté n'acceptera pas cette loi maintenant, mais j'ai la confiance toutefois qu'avec le temps elle cessera de regretter une souveraineté terrestre, n'ayant d'autre résultat que celui de réaliser la conception du pouvoir théocratique sur une parcelle exigüe de la société catholique, pour accepter une situation qui laisse toute liberté et toute sécurité à son action morale sur la société catholique toute entière.

J'ai la confiance qu'un obstacle d'habitudes et non de principes s'oppose seul à ce résultat, car malgré les tendances qui, dans ces derniers temps, ont prévalu à Rome, le Pape n'a cependant pas voulu donner à la souveraineté temporelle la sanction d'un dogme; il n'a pas voulu rendre sa mission divine solidaire d'une institution dont on voit trop facilement les attaches avec des intérêts matériels, avec des intérêts que le temps a créés et que le temps peut également supprimer.

Et puis, messieurs, à quelle condition cette souveraineté pourrait-elle être rétablie ?

Il me semble impossible que le Pape, que le prêtre d'une religion de charité, que le gardien de l'esprit de l'Evangile n'en vienne pas à mesurer l'étendue des malheurs au prix desquels on pourrait tenter ce rétablissement, à songer au sang qui serait versé, aux dangers immenses pour la religion, car je crois que le sentiment catholique des Italiens résisterait difficilement à une pareille épreuve.

Je sais bien, messieurs, qu'au Vatican le Pape est circonvenu par une faction fanatique. Cette faction ne demande et ne cherche qu'à provoquer une intervention en Italie et les horreurs d'une guerre qui serait, à la fois, une guerre de religion et une guerre de nationalité.

Comme on le voit, cette faction n'a pas seulement intérêt à faire naître contre nous une guerre sans fin d'exagérations et de calomnies, de provoquer le sentiment public à Rome — nous espérons qu'on saura découvrir et éviter le piége, — mais encore d'empêcher tout acheminement vers la conciliation.

Mais quand l'illusion d'une restauration de la Papauté temporelle se sera évanouie, alors l'influence de cette faction diminuera ; alors ce parti, qui existe dans le clergé à Rome et dont plusieurs éminents ecclésiastiques font partie, ce parti, sur l'esprit duquel les intérêts religieux ont plus de pouvoir que l'intérêt politique, qui voit les dangers du conflit et les avantages de la conciliation, ce parti se montrera, il fera entendre sa voix et donnera des conseils plus sages.

Notre modération nous aidera à atteindre ce but.

Les gouvernements comprennent d'ailleurs l'impos·sibilité de revenir sur les faits accomplis.

Ils comprennent que les difficultés que leur crée un parti fanatique sont en tout cas beaucoup moindres que les complications qui seraient amenées par des ingérences que l'Italie ne pourrait accueillir amica-lement.

Mais nous nous préparerions d'autre part d'inévi-tables difficultés et de dangereuses complications, si nous venions à méconnaître que les gouvernements et les nations catholiques ont, dans cette question, des intérêts religieux, pour lesquels nous devons avoir les plus grands égards.

Les rapports entre les individus ne se règlent pas avec le droit strict; ce n'est pas non plus avec le droit strict que se règlent les rapports entre les nations.

Une politique prévoyante doit savoir, tout en con-servant intacte la dignité nationale, prévoir et préve-nir les conflits qu'on peut éviter; elle doit savoir s'at-tirer la faveur de l'opinion; elle doit inspirer la con-fiance et ne pas laisser continuellement en suspens les questions, car celles-ci peuvent être ressuscitées plus tard, et aggraver toutes les complications possibles de l'avenir.

Le Gouvernement manquerait au premier de ses devoirs s'il ne maintenait pas le droit national dans son inviolabilité; il ne peut en aucune manière ac-cueillir d'injustes prétentions. Mais c'est précisément pour cela, messieurs, que, dans l'application de son programme et de cette loi, il lui faut faire preuve de modération; non-seulement les gouvernements, mais encore l'opinion libérale du monde entier nous en tien-dront compte.

Ce qui vaut beaucoup mieux que de repousser les ingérences diplomatiques, c'est de savoir éviter et prévenir les demandes légitimes et justes qui nous peuvent être adressées; c'est de savoir maintenir à Rome un état de choses d'où il ressorte avec évidence que l'Italie fait tout ce qu'on peut raisonnablement exiger d'elle, et que l'indépendance, la dignité et la liberté du Pape sont entourées à Rome de toutes les garanties nécessaires.

Tel est le but auquel tend la politique du Gouvernement italien. Tel est l'esprit qui nous a guidés en vous présentant cette loi et en la recommandant à votre approbation. L'intérêt public exige qu'elle devienne une loi de l'Etat, offrant une base sûre à notre politique intérieure, aussi bien qu'à notre politique extérieure.

Quand cette loi aura reçu votre sanction, nous pourrons dire au monde catholique: L'Italie assure au Pape des conditions et des garanties telles qu'aucune autre nation ou aucun autre Etat ne pourrait en offrir de plus dignes et de plus larges. L'Italie, malgré des difficultés considérables, a donné à l'Eglise une liberté telle qu'aucun autre Etat n'en a jamais donné de plus grande. Les intérêts religieux des catholiques étrangers, ceux des catholiques italiens sont placés sous la sauvegarde d'un peuple et d'un gouvernement qui ont le sentiment de la modération, de la justice et de la liberté.